死の蔭にて

sinokagenite

大城さよみ詩集

Oshiro Sayomi

本多企画

目次

詩集＊死の蔭にて

I

靴

玄関にそっと置かれた
夫の靴
あ　の字に口をひらき
亡き主の足を今も待っている
あ　はすでに間延びした諦めの時間を
ほうけた歪みにたわんでいる
時には頬笑みさえかえして

泥に埋もれた
あまたの靴

主の足を待っている
あ！　を叫び　或いは
（あ）と立ちすくみ

壁のようにもりあがる海のまえで
　咲ちゃんのズック
　健君のスニーカー
　洋子さんのブーツ
　トメさんの長靴　靴、靴、靴、
が主の足を待っている
主もまたそのとき蒼ざめて履くべき靴を探したのだ
海から逃れようとして

人が身罷るには
それに見合う別れのときがなくてはならない

愛する者や物に囲まれ
静かに意味を咀嚼し　もだえ　なお
死と向き合うにたりる芳醇な時間が
ひとりひとりに必要なはずであった

3・11　午後2時46分
大鉈は振り下ろされた
日常は瞬時　断ち切られた
あまたの人の反転した闇の祠

靴よ
なき　集落の
なき　家の
なき　玄関にそっと帰っておいで
靴を履き

なき　小さな足が
なき　親を捜しに駆けだすだろう

だが
暗き祠にこころ通わせる他の家族も
なき　人となっていた

炉心溶融

目覚めてしまった
ゆらぎと波のはざまで
掟にそってわたしは一時　身を潜める

さらってしまった波が
再びおまえを眠らせる
すべての触手を

引いていく　水が
わたしをぬらした長い夜

が　問うてくるわたしの出自を

曝してはならない
たぎる棒を
自らの徒労に溶けだしてはならない

外気にふれたい
幾重の扉で覆われようと
わたしの熱でわたしを溶かす

頭上に吹き上がる
おぞましいおまえの子供たち
空を　大地を　海を　いきおい駆けめぐる

地球はわたしの庭

その家には
誰をも立ち入らせはしない

梳いてあげよう
銀の櫛で
飴のように曲がりくねったその髪を

メドゥサの髪は
わたしの意志
わたしをつくった密使へ蛇をはなつ

満たさねばならない
冷たい水で
熱帯魚をひらひらと水底に沈めるように

水は
わたしを眠らせはしない
わたしの渇きは果てがない

渇きはわたしの始原
記憶がわたしを呼び戻す
落下したふたつの閃光を
ひりひりと水を求め川面に浮かんだ無数の骸
おなじ渇きを渇いた者を

わたしに水をそそぐ
素手の勇者よ
その拝殿に裸身で禊する者よ
毒にそまる生贄よ

その者にだけわたしはこころをひらく

真に恐れるのは
わたしがわたしであるということ

涙する
それらの者に
わたしは自ら懺悔する

「鎮まらねばならない
静謐に耐え
祈りで炉心をみたし
畏れのうちに
とわに　おまえを弔わねばならない
水の柩《ひつぎ》で」

牛

音の消えた村を
牛は群れをなしてさまよっていた

その傍らには
田の泥濘に足をとられた子牛が一頭
のけぞり　息絶えていた

黙して
すべてを受けいれてきたから
古《いにしえ》　より屠殺場へむかう牛も

「死」ということばにおののくことはなかった

牛は　ただ
畏れ
ひれ伏し
聖者のように大地にくずれおちるのだった

病《やまい》が兆せば
何十万の「ことば」が飛び交い
深くえぐられた穴に　牛は重ねて投げいれられた

鉤が　穴が　煙が
牛にとってことばであり
ことばは死であった

牛は
音の消えた村を
やせ細り　よろよろとさまよっていた
水は塩辛く　叢は不穏の気配にみちていた

つとに牛は知っているのだ
ひとときのこの解放が
やがて死へと己を突きおとすのを

原野はひかりできらめいていたが
すでに酷くことばで汚染され
牛は　ただ
その草をやわらかく食んでいた

人の絶えた村で

洪水

みずが意志をもつなら
それは雨ではないだろう
雨音はみずの黙礼

固く閉じた瓶の底のような我家で
どどどと落ちゆくみずに内側から侵されていく
そのとき世界はすべてがみずだから
私は瓶ごと流れてゆく　太古の海へと

頭上はるかその海に木の船体を軋ませ

アララト山から浮上した
ノアの方舟
消えゆく陸地をあとにして
オリーブの葉を銜えた鳩を待っている

神が思し召した
ノアとその家族
清きものの番いそれぞれ一種
舟の中に犇めいている

どのような戒律で選ばれるのか
選ばれなかった多くの民
瓶は砕け水底に沈んでゆく
渦巻く私の足元から鳩が一羽飛びたってゆく

陸はすでにどこにもなく
清きものらは
舟に捨ておかれたまま
　ノイと呼ばれ
　ヌーフと名づけられた*
ノアと共に
ノアの神と共に
果てしない航海がつづいているのだ

天もみず
地もみず
鳩だけが幻のようにみずのなかを飛んでいる

*ノアは、キリスト教では「ノイ」、イスラム教では「ヌーフ」と称される。

森

遠い国で一筋の煙が立ちのぼる
火のこどもが踊り始める
歌い舞うごとに
火の舌は森の褥を這いずり
足下から炎を噴き上げる
幹のまわりを瞬時にかこみ
枝から枝へと炎が樹々を舐めてゆく
獣達は耳をそばだて
方角を定め
四方に飛散する

ひとつの森から　ひとつの森へ
炎の円舞のなか
樹々だけは思案に暮れた人のようだ
身じろぐこともできず立ち竦む

失われた一点から
延々と拡がる森の葬送
焼きはらわれ燻ぶる地平に
おおきな象が一頭
大地を踏みしめ歩いてゆく

花水木

花弁は浅黄色に染まり
薄青く葉陰に潜んでいた
日ごと緑をぬぎすて
花は白い静謐に分け入る
そのときようやく私は
その樹が花水木であったと知るのだ

美しい詩を書きたい
と　ある詩人は言った
「虚実に関係なく美しい解を求めて詩に向かうのだ」　と

うつくしいものを超えたその先への眼差し
美しいものは先の奈落のときにもあった
己がいのちを手放し他を救いついに帰らなかった　魂
映像に流されたその外にも確かに
うつくしいものを越えた魂があったことだろう　　秘蹟にも似た

「来るべき死と滅亡のために」の講演会で
辺見庸氏は
先の奈落の真のリアルを訥訥と呟いた後
「方丈記私記*」　隆暁法印という僧の話を語った

いにしえの奈落の底で
死者のひとりひとりに経を唱えつつ

その額に梵字の「阿《あ》」字を記し
不生不滅　仏縁を結び駆けずりまわったという
その数　四万二千三百余体
寝食も忘れ記しつづけたその境地はいかばかりだったか
或いはトランス状態というものではなかったか
まさに狂《たぶ》れのなかにあり
善の意識さえ越えたその行為が　実に
人が人である証しなのではないか

と　語り終えた人に
疲労というより語ることの徒労が
すこしく陰りのように見てとれた

詩を書きつづけるという行為のなかに
ひとしく徒労を抱えながら

詩人は　美しい解を求めて詩に向き合う
詩が詩である証しはなにか　と

天をあおぎ見る眼差し
今を盛りに咲きほこる
真白い花水木
宙《そら》のみぎわの縁を超えていく花よ

その花の如き
宙をひらく美しい話を
この春　私はふたつ聞いた

＊堀田善衛・著書

津波

街へ出ると
きまって若いホームレスの女に出会った
駐車場で　路地裏で　薄日さす公園のかたすみで

冬でも
すりきれたサンダルを履き　その踵は
干上がった大地のようにひびわれ
顔も手も足も垢で黒光りしていた
すれ違うときの異臭

佇っている
わたしが行く処　行く処
待ちかまえたかのようにそこに居た
わたしの影のように

交差点の一画で
その眼は
なにも見てはいなかった
行き交う人々　車の流れを
いっさい見ることはなく
はるか　遠い
そこにある危機
わたしが見過ごしてきた罪過のなごりを
女は見ていた
鈍いろの光をたたえて

女はたえず人から見られているが
わたしは女だけから見られている

ある日を境にぱったり女に会わなくなった
保護されたのか　それとも
（津波にのみこまれたのか）

海はひとつの謀りの意志で
人をさらっていった

家のなかから人を盗み
車からひきずりだし　舗道から剝がし
波は人をたたせ　おどらせ　さかさにし
時には寝台のまま運んでいった

人が人を殺したのではない
海がいちどきに三万人もの人間を殺した

なら
毎年　その数の自殺者は
いったい誰に殺されたのだろう

　　　わたしはたえず死者だけから見られている

あ、あ、
毎年　毎年　　津波がくる
家のなか　車のなか　森のなか　路上から
音もたてず　ひっそりと
ひとりひとりをさらってゆく

その問いのさきにあるものを
ただ　女だけがひたすら見ていた

てんでんこ

夕暮れどき浜辺に立っていると
海のほうから
おびただしい人の群れが陸をめざし押し寄せてくる

実在の人と思いしが　ぶつかる瞬間
立っている人のからだをスイとすり抜けていったのだという

この世のものではないからだは
半透明の群青いろ
必死の形相で一途に内陸にむかい　消えていった

死を自覚できない魂は
海から逃げること　とにかく逃げること
陸深くより高い場所に上る思いに囚われて
いのちとの邂逅をへめぐり
意味さえ今なお解せないまま
いくども　いくども　海から逃れてくるのだ
ひたすら陸をめざすのだ
そこに置き忘れた己と出逢うために

時の表層に瞬時きざまれる　魂の裸形
哀しき慣性の往還
意識に内蔵された　ことばの糊塗

なら　わたくしも　あなたに　逢うために

ぶつかり　とわに互いをすり抜け
ことばをまさぐり手渡し手渡されるまで
浜辺に佇もう　幾歳月を

夕暮れどきがよい
海と陸の境が朧になるころ
あなた達が落していったことばを拾い集め
残されたものはひとりひとりの物語を紡ごう

地獄のようだった　と　流されてゆくものも
踏ん張ったものも　地獄のようだった　と

いにしえ「てんでんこ」と言い伝えられたが
死にゆくものも　生かされたものも
「てんでんこ」の境に互いの面影が瞬時脳裏をかすめ

我が身のなかに　面影は爪をたて
面影のなかで　我が身が愛に引き裂かれていた　と
逃げるさなか
ことばは　零れ落ちたが
ことばは　拾う手を忘れた
ことばは　音を忘れた
喉元ふかく　ことばは固く蓋を閉じた

語り尽くせないものは　全生涯をかけて
ひとりひとりの胸のなかで像《かたち》にすればよい
そのとき　ばらばらに逃げた想いは地獄から解かれ
愛の極みとなって凪いだ海に
舟のように浮かぶだろう

弔い

ひびの入った土鍋のなか
一匹の魚が涼しげに泳いでいる
ニワトリはひびの隙間から首を伸ばし
一昼夜の人工灯のなかせわしなく餌を啄んでいる

鍋の底に独り身のおんなの醒めた熱が
ひとつの惨劇を予感しながら
胃袋の蠕動に耐えている

屠られた子羊は神の血で真っ赤だ

我が手は穢れることなく
箸を泳がせる

殺るのは私ではない
私一人のからだを養うため
どれだけの生贄が屠られたか

ひびが入るほどに使いこまれた鍋は
殺るものと殺られるものとの儀式の歴史だ
食うものと食われるものとの慣習だ

いのちをたらふく食べた貧しいからだで
からっぽの鍋底に身を横たえ
私もそのうちぴくぴくと息絶えるだろう

柩に入るなら
魚や豚、牛、鶏、私のしゃぶり尽した骨や筋《すじ》
ともに入れておくれ
弔いは
私を通り過ぎたあまたのいのちの透過性だ

閉じられた鍋
沸騰する焰のなかで
いのちは初めて等しく弔われる

Ⅱ

浴室

はだかになったとき
おんなはからだになる
はじめて外気にふれた遠い記憶や
ときはなたれた肌の呼吸を
そのたびごとに知る

シャワーをあびるとき
湯水がからだをくまなくなぞる
おんなは
ほそい首であり　なだらかな肩であり

ゆたかなふたつの乳房であり　ゆるやかなS字状の背骨であり
つめたい尻であり　しげみにうもれた陰《ほと》であるのを知る

　月ごとにながれたあまたの血

瞼をとじ髪をあらうとき
おんなは闇とひとつになる
指が頭皮をもみ
世界に爪をたてる

　ホロコースト
　…南京　ヒロシマ　カンボジア　ソマリア　ルワンダ
　アフガニスタン　イラク　……シリア

ながれたあまたの血が爪さきを貧血にする

眼のうらに死者が折り重なる
おんなは産む
いくたの死者を

血にそまる
その径《みち》を
こども達が逃げまどう
　手脚がふきとぶ
餓死する　　　　　　　　　　　（おんな達の腕のなかで
　こども達が乳首を口にふくむ　　　　　　やがて
　　武器を手にする　　　　　　　　　　兵士になって
　　　淵に追いつめる　　　　　　　　　（おんな達は
　　　　はだかで逃げまどう
　　　　　からだがあまたの血でそまる

首はのけぞり　両腕はなげだされ
乳房はしだれ　背骨はねじれ
尻は泥濘にまみれ　陰だけが空にむかってひらかれている

そこにもシャワーはあったのだ
命じられ　おんなが衣服を脱ぐとき
浴室はからだですし詰めになる　満員電車のように
換気口からチクロンBガスが煙霧のようにおりてくる
弱いからだから息絶える
強いからだはもがき苦しみ
激しく壁に爪をたてる
すべてが終わったのだ　そのとき
浴室から引きずり出されるのは
おんなでもおとこでも　老人でも子供でもない

おんなの径から生まれ出た
あまたの死者だ
深く掘られた陰に　枯木のように投げこまれる
死のおもてを月光が証のようにあまねく照らす

○

浴槽にたぷたぷと湯を張るとき
わたしは
看取った死者の数をかぞえる
五本の指にみたない身内の
ひとりひとりの死にぎわを湯舟に浸す
そのだれもが湯灌で清められ
白装束を身にまとい
花の香りにつつまれて　しめやかに

浴室を出ていった
わたしの奇跡のやすらかな死者たちよ

残り湯にからだを浸し
窓からさしこむ光に手をかざすとき
この手に　じかにふれた死だけが暗欝なわたしのこころを鎮める

我が胎のなかに　わたしの死者が宿る
ひとりひとりが時を重ね
実の熟するごとく育ってゆく

浴室を後にしたとき
湯舟には　満ちた月がゆらぎ浮かんでいる

兵士の夢

おんなは宙に浮いていた

地上にいるのはひとりの兵士だった
傷はふかく息も絶え絶えに
いまにも死にそうであった

おんなは欲情した
舞い降り兵士の耳もとで囁いた

　お国はどちら?
　お歳はいくつ

恋人か　妻か　子供はいるの
お母さまは何語であなたに子守唄を歌い
あなたの初めて発した言葉はなあに
（そして大切なこと）
あなたの本当の敵はだあれ

兵士の見開いた眼のなかに一瞬光が宿った
死は退き
生に引き戻される力に
兵士は痩せ細った両腕をゆだねた

おんなは欲情した
生に向かおうとする者の渇望に呼応し
リズムをおくった
繰りかえす潮の満ち引きであった

あなたがどこの国の人であろうと
兵士として死んではなりませぬ
せめて　今一度　やわらかいおんなの肌に触れ
たおやかな乳房にすがり
くびれた腰をなぞり
茂みのさきの泉まで
銃弾ではなくあなた自身を打ち込みなさい

おんなの欲情は去った
兵士は生に満たされて息絶えた

おんなは幾千年身籠り数しれぬ赤子を産んだ
殺されず、誰をも殺すことのない美しい人間を
大地が満ちるまで産みつづけた

ヒゴタイ

阿蘇の野に
すがれつくしたヒゴタイの　まだ
一輪、二輪
まっすぐ伸びる茎の上に
冠を押し戴いた球形の花
瑠璃色の鮮やかな時間を過ぎさり
薄青く
逝く前の瞳のように野にとけて
遠くから記憶が色を連れてくる

ひとつの村に
何事も起きるはずのなかった　のどかな村に
墜落した一機のＢ29
捕虜となった幾人の兵士
草刈鎌、猟銃、竹やりを手に集まった村人達
狂うはずもなかった　日のなかで
カオスは突如　湧きいで
草叢を血に染めた

なにごとか起きたなら
わたしもその場に居て
村人のひとりとして加わっていたので

覚えている
苦痛にゆがんだ兵士の瞳

すがれる前の　ヒゴタイの花の色であったことを
鎮まった野の原で
誰もが枯れおくれていたことを

海

海は発熱している
凪いでいるが
内実ふかく病んでゆくからだを持て余している
その気だるさに
海は海をたゆたい
陸を夢みて交わろうと浸食する
砂浜に身を投げる
が　陸もすでに熱く
波はじきに身を翻す
たゆたい幾度となく元のからだへの回帰を試みる

氷嚢は海の背で砕け融けてゆく
魚は潮流に翻弄される
珊瑚は焔のなかで立ち枯れる
潮は血の色に染まる

回帰がすべて閉ざされたとき
初めて海はおじけふるう
果てもなく海は海を泳ぎ
還るべきその一点をついに見失う

鎮魂歌

思いだして欲しい
波間に消えたあまたのいのちを
絶叫を
なすすべもなく
行きあぐねた径《みち》を
水漬《みづ》く屍《かばね》　草生《くさむ》す屍を
放射線の溜まり場にいざなわれ
立ちつくしていた人々を

思いつづけることによってしか

わたし達は人間にはなれない

過ぎゆくだろう　時は
いまだ一本の杭もなく
初春の
さむざむとした海へ
過誤なき人も
呑まれていく無惨な世の酷薄を
しんと胸に抱きとめ

生き残った者の喪失は深くあらねばならない
死んだ者は　喪失そのものだから
死は　あなたであっただろう
わたしで　死は

あっただろう

過去ではなかった
やがて来たる
大いなる災禍のまえに
わたし達も
脱け殻だけを残し
ひと夏　鳴きくらし
土にころがる蟬です

錆びたナイフ
海底に沈んでいる
かつて生活があった家々の
魚をさばいたナイフ
さばいた人も

いまだ水底に沈み
魚に肉片をついばまれ
骨のナイフとなっている

骨を
わたし達はありがたく押し戴き
想像しなければならない

骨になった人々の生を
暮らしのなかで
息づいている肉の躍動を

突如　断ちきられる
戦きに
自ら　震えながら

五臓六腑を波間にゆらし
いまだすがる杭もなく
死者と
ともに海を漂わねばならない

木の名

いつのころからか
公園の一本の木の下に子供の靴がある
木に登る形態《かたち》で
八の字に置かれている
まだ新しい運動靴だ

置かれたままなのは
捜す者がいないから
消えてしまったから?
ひとりの子供が

鬱蒼とした木を見上げても子供の姿はなく
どこにもいない子供の
葉蔭のような気配だけがある
たとえば　手負いの、獣の、悲鳴の、飢餓の、
枝と枝のあいだを渡っていく秘匿された風のようなものが

そばを通るたび誰もが眼をとめるのに
靴だけがそこにありつづけ
そのことを誰も語らない
立ち止まる者さえいない　名も知らぬ木の前に

戦争があったときに
青年は靴にゲートルを巻き
挙手の礼で生家をあとにした

ああ　母たちはその度ごとに
女のほっこりとした沃野に産み育てた
一本の「愛《いのち》」という名の木を狂おしく引きもどそうとする
木の根元に靴を埋めようとする
木そのものを隠そうとする

過去・現在　そして未来
木はいくたの子供を隠しつづける
靴だけが草叢にうもれ忘れ去られる
母たちは息を殺し　刻々を
我が手から奪っていく者らと
激しく対峙する

シロツメグサ

わたしが家で爪を噛んでいるあいだに

山ノ内公園はシロツメグサに覆われ
少女が白い花で輪を編み
友の手首に結ぶとき
手の先からぼろぼろと花弁がほどけ
爪のようにこぼれ落ち
地面から手が出《い》で入り
茎のような細い腕が伸び
天を指してのびやかに咲《わら》いさざめく

何げない昼下がりの風景のなか
少女達の時間が花のようにゆれる

公園が暮れなずむころ
最後の童が帰り
父、母が帰宅していない家にひとり帰り
人気のなくなった公園に外灯がともり
めぐる遊歩道に灯りが並び
遠目に眺めると
闇に浮かぶ一隻の母艦のようであり
そのなかで腕がそよぎ
灯りに照らされて　手、手、手
の先より爪がこぼれ
白い花はやがて褐色にすがれ
公園が死んだ人の爪で埋まり

母艦は灯りをともしたまま静かに陸を離れ
夜の闇に浮かび
より昏い空を漂い始める

それは戦後七十年を経て
蘇った死者達の
土の中からもがき這い出た手が
ひとりひとりの虚空を握りしめ
個の言葉で語り始めたからだ

深夜　灯りが消えるまで
着地できないで漂流している
世界の
どこにでも在る公園

Ⅲ

痛み

わたしがあなたであったとき
わたしは霧のなかを流れる一本の川
すべての象が川面に溶けて
痛苦に歪んだあなたの声が川床に沈んだひとつの種子をふるわせる
痛みにとどくには
わたしは川になり
ただ流れるほかなかった　流れながら
あなたの川をともに流れていると思っていた

　　こころが　いたい

からだが　いたい
と　ひきさかれるひとに　ひたすら
こころを　かさね
からだを　かさね

けれど痛みはひとつとして同じものはなかったので
霧はとわに晴れることはなく
わたしを置き去りにする
冷たい川の水底に

あなたがわたしであったとき
痛みはわたしの暗黒の固い種子
みたこともない植物を茂らせる
窓が　光が　みるまに蔦で覆われすべてをのみこむ
痛みが人を殺すとき

植物だけが繁茂するのだ

わたしは種子の在りかを知っている
そしてあなたはその地図を霧のなかで見失う
思いの極みまで寄り添うけれど
わたしたちは互いを知らず
互いのなかで
おのれの痛みだけを知悉していた

失われた神話のように

闇夜のカラス

夜　カラスは鳴かない
電柱の頂きに止まっている一羽のカラスもまた
漆黒の闇にとけて同化する一本の電柱
電球の切れかかった外灯が点滅を繰り返し
なお深い闇の中に
息づくものがいることを映している
ジージーと
夜の静寂《しじま》の中で伝えうる言葉を発信しているのだ
カラスはなにを送信したのだろう　受信したのだろう
眼《まなこ》を覆う薄い膜の内側で

七年が過ぎ
初めて夫はわたしの携帯電話に送信した
夫の携帯電話はいまだ家に置かれてある
わたしの携帯電話にはいまだ夫のアドレスが残してある
着信音は鳴らなかったから暫く気付かなかった
亡き夫の着信履歴
七月四日二十一時四分
その時わたしは居間に寝そべっていたのだ
闇夜のカラスも鳴かなかった
鳴らないまま発信できることの不可思議な膜の境目で
履歴に返信を返した
と、居間の固定電話が鳴り響いた
夫は漆黒の闇の世界から音もたてず
同じ部屋からわたしに発信していた

カラスはその時　全身の感覚を研ぎ澄まし鋭い聴覚で
夫の言葉を受信したに違いない
感覚だけが死者と語り得るのだろう

伝えたかった言葉を想う
今でも闇の中だけれど
分からなくてもよい
分からぬまま
想い巡らすことが交信なのだと
未来に　そっと希望を置く

今宵わたしはカラスになって
夜の翼をひろげ
言葉を啄む姿態を整える

泥の花

深夜ひそかに耳にとどく救急車のサイレンの音
枕に頭をうずめ
わたしは頭のなかで地図を描く
音は路地に入り込み
迂回したり止まったり
探しあぐねている
そのたび
近隣の見かけなくなった人の顔や表札が
地図のうえ
漆黒の闇のなかにおぼろに浮かぶ

白い花のようだ

遠のいたり
近付いたり
花は家々の門口に
浮いては消えるたゆたいの表層

いきおい音が闇を引き裂き近づいてくる
突如　地図は我家の前で消滅する

　　呼鈴が鳴る
　呼鈴が鳴る

息を呑みわたしは茎のような半身をやおら起こす
からだは既に限界できしんでいる

息も絶え絶えに玄関に這っていく
泥の水をかき分けるようににじり寄っていく

　　呼鈴が鳴りつづける

花はひそかに蕾をふくらませる
ゆらりと花弁は開きはじめる
　戸に指が届こうとする瞬間　がくりと膝を折りどおっと倒れる
　閉じた我家の内側で
蓮の花が
一輪　満ちたりて鮮やかに開花する

飛ぶ

少年が空を飛ぶのは堕ちるためではない
マンションの階段を登る
重きうつつをひとかたまり背負わされ
息をきらし登りつめる

そのさきの空のひろがり
空は虚ではなく
ずしりと詰まった肺胞からの解放
許されたひとつの実《じつ》であった

両手をひろげる
おおきく空を吸いこみ
地を吐きだす、世界を吐きだす、血へどを吐きだす
16年の全生涯をかけて
虚《こ》を蹴り空を飛ぶ

空と大地は回転し直線につながり瞬時　平面となる

頭蓋骨はくだけ脳漿は流れ
その音を少年はかすかに聞いた
うっすらと開いたままの瞳に少年は見た
横たわる大地の底から少年だけの空を

　ぬけがらだけが
いたぶり「飛べ」とまくしたてた者ら

その輪のなかに
時をへて投げだされた

輪をなした者ら
荒み　謀り　暴力の
まったき廃墟の輪のなかへ
はからずも少年は置かれる

だが輪の中心は少年だけのもの
痛みはだれも触れえぬ唯一の生きた証し

それ故　少年は秘かに見捨てられた
傾く遠景の虚実のそとへ

接吻

夕暮れの渋谷駅三番ホーム
ぐったりと横たわっている蒼白の老人
駅員が囲みひとりが心臓を圧迫している

接吻を！
と　私は人ごみに押され口のなかで叫ぶ
熱い接吻を

　初めての接吻は薄荷の匂いがした
　棒状のぎこちない抱擁

夢遊病者の擬態
互いのいのちにとどくことのない青い実の落下

胸を患った父が入院していた病室で
老人が深夜　痰をつまらせた
痩せた喉元が上下に波打ち
見るまに顔面が蒼白となった
飛びこんできた医師が

ああ
接吻を！
熱い接吻で老人の口に口をあてがい
ずるずると血痰を吸いとる　喉元ふかく吸いとり
その口でいのちを吹きこむ
口から口へと熟れた赤い実の充足

生涯の私の接吻は
呼気でもなく吸気でもない
木偶のような
誰のいのちにもとどかない
とおい　青いだけの落果だった

喪失新年

携帯電話が鳴った
I子さんの表示
声はお兄さんだった

賀状を頂きましたが
I子は十月に亡くなりました
生きようとしたのです
病気を熟知していました
ころあいを知っていました
だから病院に早めに行きました

行動はこれまでと同じく迅速でした
入院すれば自死だけは免れる　と
　ともかく生きようとしたのです

昨年
Ｉ子さんは三十年ぶりに我家に泊まった
Ｉ子さんは笑い　私も笑った　夜通し語った
その三か月後
私はＩ子さんを失ったことさえ知らずにいた

Ｉ子さんは
死にたかったから
生きようとした
生きたかったのに
死んでいった

そのパラドクスの瞬間の凄まじい拮抗
だが　融和と背理は
思いのほか　ひとつの線のように在るのかもしれない

二〇一五年
喪失の一年の始まりだった

影

幼な児は男にとって継子である。若いので、おかっぱ頭の児は男にとって、お人形でしかなかった。母である女は、新しい男に芯を抜かれたように倒れ傾き、児は影を薄くしていった。

やがて、人形と思っていた児は、泣き喚き、足をばたつかせ、人間の児のように激しく動くので、男は日増しに疎ましくなり、ある日、児を人形の口へ捩り込むと、夜半に車の座席に横たえ、くねくね曲る山道を走るのである。山奥の、廃れた神社の藪のなかに、人形のように立てかけ帰って来たのである。

その間、女が何を想い、過ごしていたのか。床の上にまんじりともせず、闇のなかに森《しん》と眼を見ひらき、男が成してくることを眼裏に思い描き怯えてはいたのだ。我児が人形でないことは母である女には分かっていた。ただ、人形ではないが、このところ影のようである、と不意に思いいたり、それが怖くてならなかった。愛しさからでなく、影がいつしか実体を凌駕して自分に触れてくるような気がしたのだ。

隣の住人は、今宵も泣き叫ぶ児の声を聞き、胸の奥底でざわざわと蠢く心音にいっとき乱れもしたが、なあに、いつものことだ、と布団を頭まで被ると、ひとり安らかな眠りに落ちていった。

その後も、若い男と女と幼な児は連れ立って仲良く出かけたりした。母に手を繋がれた児が、実は、影であることに気づく者は誰もなかった。影は日ごと濃くなり、陽のないときも、闇夜でも、かたときも女のそばを離れることはなかった。影に手を引かれているのは女のほうであった。

幻の木

森は幻の一本の木を隠す

この木だけは人に手渡してはならぬもの
よって
形容されることはなく
名付けられることを拒み
御身をときに化身して
木は森深く守られて在る
幻であることがまた　森を守る最後の砦だと

人は森深く分け入る

次なる新種を手にするため
胸躍らせ一途に歩を進める
おのおのの真理に向かい
白衣の汚れも気にとめぬまま
発見と　その背理を介することなくひたすら探求する
知の欲望は止むことがない

ついに
幻が命名されたそのとき
木は忽然と姿を消す
そのとき　森は敗れるが
幻は新たな一点に立ちあがる
どのような名があてがわれようとも

木の聖性になんら変わりはない
新種はやがて新たな災厄を人間にもたらす
が、木はあずかり知らぬことだ

いにしえ神の子が打ち付けられたとき
木は一滴の血も流すことはなかった
血だけを十字に染め
それこそが
木の仮象
幻の最後の始まりであった

りんご

傷んだりんごのように
今日わたしは在った

芯はかろうじて態勢を保ち
果肉は窪みから変色しつつあった

病いか老いかは問わなかった
「時」が過ぎるとはそういうことであったから

世界もまた

一個のりんごであった
だが
つややかな紅色の「時」に満ちて
置かれてあるだけで完璧である
一個のりんごの存在ほどには
世界が完全であったことはかつて一度もないのだ

りんごがただ在るということだけで
世界は自ずと腐臭をはなち
腐肉が世界の病いのふかさを証していた

「時」は過ぎてゆく
過ぎ去ったことのなかにだけ
名称される昨日
そして今日の腐乱の時刻

これから訪れる「時」を
わたしはやさしく迎えようとした

そして「時」は
わたしを待つことなくりんごは手の中から滑り落ち
世界はその窪みから腐敗していくのだった

「時」はその上を容赦なく追い越し
未来を過ぎ去るのだった

*

沼

人はだれも胸の奥深く鎮もれる沼をもっている

音もなく　かそけく　澱み
人はそれに気づかない
沼だけが人の孤を沈め神のように黙している

色もなく　あまりに虚ろなため
人はときにまっさかさまに落ちていきたくなる
そのときだけ沼はかすかに人の色に染まる

時もなく
沼は老いることがない　人は老いても
死んでも　沼が死ぬことはない

突風が吹くとき
生涯に幾度か
垣間見た人の蒼ざめた姿だけを沼はおもてに映し
鎮もり
沼のままで在りつづける

ときに覗き見たい衝動にかられるが
沼は容易に姿を見せず
忘れはてているとき
無防備に姿をさらす

その人のままに
その人を超えて

あとがき

初めての詩集を出してから四年が過ぎました。

その間、社会や世界が大きく様変わりするにつれ、その、寄る辺ない気持ちのまま書きとどめてきた作品の中から二十六篇を選んで第二詩集『死の蔭にて』を編みました。

おりしも、熊本地震と重なり、我家は益城町と隣接した地域で被害もありました。しかし、先の東日本大震災など、当時、想像していたものと、今回の実体験の異相やへだたりも実感しました。

想像力は体験を超えることができるのだろうか、との私にとって重い課題が残されました。その問いをかかえたまま、なお、それを超える私のために、今、まとめておきたいとの思いで詩集の上梓となりました。

これまでに私を励まして下さった詩友たちに深く感謝し、今回もお世話になった本多寿氏、詩を書きつづける契機となった外村京子両氏に、心から、お礼を申し上げます。

二〇一六年　夏　　　　　　　　著者

著者略歴

大城さよみ
一九五二年　福岡県生まれ
同人誌「詩と真実」、詩誌「幽」を経て
現在、詩誌「禾」に参加
所属　熊本県詩人会員　日本詩人クラブ会員
詩集　二〇一二年『ヘレンの水』（第二十六回福田正夫賞）
現住所　〒八六二－〇九一五
　熊本市東区山ノ神一丁目三－四七

詩集＊死の蔭にて

二〇一六年九月一日初版発行

著　者　大城さよみ© Oshiro Sayomi
発行者　本多　寿
発行所　㈲本多企画
〒八八〇‐二三二一宮崎市高岡町花見二八九四
電話　〇九八五‐八二‐四〇八五
印　刷　宮崎相互印刷
製　本　日宝綜合製本株式会社
定　価　本体二五〇〇円＋税

ISBN978-4-89445-484-2 C0092